I0683980

Ye

1402

L'HIVER

DE

VERSAILLES.

POËME DE MADEMOISELLE D. S. A.

A PARIS,

Chez SEBASTIEN MABRE-CRAMOISY,
Imprimeur du Roy.

M. DC. LXXIX.

AVEC PERMISSION.

L'HIVER

DE

VERSAILLES.

A Terre triſte & languiſſante
De voir les plaiſirs au cercüeil,
Se couvroit d'un manteau de
deüil,
Et la nature gemiſſante
Sous la plus dure des ſaiſons,
Etouffoit en naiſſant tout le fruit qu'elle enfante,
Parmi la nege, & les glaçons:
Lors que pour adoucir la peine
Que cette ſaiſon inhumaine
Fait ſouffrir aux mortels dans ce mois ennuyeux,

J'allay voir ce palais que tout le monde admire,
    Ce Versailles délicieux,
    Où l'Amour, les Ris, & les Jeux
    Tiennent si souvent leur empire,
    Et qui n'est au temps des hivers
    Qu'une image des beaux deserts.
Aprés avoir passé ces longues avenuës
    Où croissent de jeunes ormeaux
Qui porteront un jour leur cime & leurs rameaux
    Où nous voyons former les nuës,
Je découvris de loin ce palais somptueux,
Où la richesse éclate & la magnificence;
    Où les Arts d'un concours heureux,
Font paroistre à l'envi ce qu'ils ont de science.
    Surprise de tant de beautez,
    Mes sens se crûrent enchantez,
    Et ne trouverent pas possible,
    Que l'on pust en si peu de temps,
    Dans un païs inaccessible,
    Faire un ouvrage de cent ans.
J'admirois, en passant, cette grandeur royale
    Qui brille en ces superbes lieux,
    Où la magnificence étale
Ce que l'Inde & le Nort ont de plus précieux:
    Quand tout d'un coup portant ma veüë
Sur ce fameux canal, dont la vaste étenduë

Ne doit point à Thetis ni ſon cours ni ſes eaux,
Qui n'a pour s'agrandir ni ſource, ni ruiſſeaux,
Et ne tient que de l'Art le cryſtal de ſon onde,
Cét émail argenté qui brille ſur ſes flots,
Quoy - qu'il porte ſouvent ſur ſon liquide dos
  Le plus grand Monarque du monde,
Lors qu'en ſe délaſſant de ſes ſoins ennuyeux,
Ce grand Prince le ſoir monte ſur ſa galere,
  Où l'aimable fils de Cythere
  Prépare un triomphe à ſes yeux;
Où l'on voit les Tritons, & les vertes Nayades
  Former en l'air mille caſcades,
  Battre les eaux en ſe joüant,
Applaniſſant les flots de leurs mains écaillées,
  Et ſur leurs conques émaillées
Souſtenir ce vaiſſeau qui ſingle au gré du vent.
Sur ce fameux Canal j'abandonnois ma veüë,
Quand d'un mortel effroy mon ame fut émuë,
  En voyant ſortir des deſerts,
D'un pas lent & tremblant, & d'une affreuſe mine,
Sous un manteau negeux auſſi blanc que l'hermine,
  Le plus rigoureux des Hivers.
En paſſant il fleſtrit le bois qui l'environne,
Par tout où vont ſes pas, la nature friſſonne,
Les vents autour de luy diverſement épars,
D'un effroy menaçant précedent ſes regards.

Il s'approche de la fontaine
De la mere du Dieu du jour,
Et glace de sa froide haleine,
Les herbes qui croissent au tour.
Là secoüant sa lourde teste,
Par des tons enroüez il éleva sa voix,
Qui fit trembler jusques au faiste,
Les plus grands arbres de ces bois.
A ce farouche accent les charmantes Dryades
Percerent leurs murs prétieux,
Ces magnifiques palissades
Dont la hauteur ravit nos yeux.
Les Divinitez solitaires
Dont je ne puis sçavoir le nom,
Et la Nymphe de Trianon
Vinrent trouver l'Hiver par des routes contraires.
L'Hiver en les voyant prit un air gracieux,
Si gracieux se peut nommer le personnage;
Mais enfin l'on vit dans ses yeux,
Qu'à la beauté tous cœurs rendent hommage.
Ennemi déclaré de la fécondité,
Dit la Nymphe dont la beauté
Se fait admirer sur la terre,
Dis moy, pourquoy viens-tu nous déclarer la guerre?
Peus-tu voir sans pitié l'ennemi de nos fleurs,
En détruire l'éclat, le brillant, les couleurs?

Le cruel Aquilon, ce dur Tyran de Flore,
Arreſtant dans les airs les larmes de l'Aurore,
D'un ſouffle impetueux contraire à nos moiſſons,
En forme les frimats, la nege & les glaçons,
Les répand ſur nos prez, les verſe dans nos plaines,
En blanchit nos foreſts, en durcit nos fontaines.
Cette eau qui produiſoit nos plaiſirs les plus doux,
Retenuë en ſon lit ſe paiſtrit en cailloux.
Son doux gaZoüillement, ſon aimable murmure
Qui délectoit les ſens de l'ame la plus dure,
Languiſſant & muet, ſous un froid rigoureux,
N'entretient nos regards que d'un ſilence affreux:
Son onde en ce glaçon eſclave & priſonniere,
Ne nous peint plus des cieux l'éclat & la lumiere:
Elle n'eſt plus pour nous ce miroir plein d'appas
Qui modere nos feux, & ne les éteint pas.
L'Hiver en cét endroit reprend ſa mine auſtere,
Pourquoy m'appellez vous une ſaiſon ſevere,
Belle Nymphe, dit-il, & ne ſçavez vous pas,
Que des autres ſaiſons je triomphe icy bas ?
C'eſt moy qui fais germer vos grains deſſous la terre,
Qui calme l'Univers, & qui ſuſpends la guerre:
Je ne ſuis pas toûjours ennemi des Amours,
Et mes plus ſombres mois font ſouvent leurs beaux jours.
A ces mots Aquilon ſortant des champs d'Eole,
Enleve dans les airs l'Hiver, & ſa parole,

Epouvante la Nymphe, & disperse à ses yeux
Les autres Déitez de ces superbes lieux.
L'une prend le chemin de la Mesnagerie,
D'autres d'un pas leger vont à l'Orangerie.
La Nymphe s'y transporte, & d'un air plein d'appas
Demande pour les Dieux un asile icy bas.

    Toute cette troupe charmante
    Fut accueillie à bras ouverts,
    Et sous des myrtes toûjours verts,
Commença l'entretien d'une façon galante.
Quel est l'heureux destin qui vous guide aujourd'huy,
Leur dit de ce beau lieu l'incomparable hostesse,
Venez-vous partager icy nostre tristesse,
Et par vostre presence adoucir nostre ennuy?
Nous sentons, comme vous, la rigoureuse absence
    Du Heros que nous cherissons:
    Ce grand Prince dont la presence
Fait refleurir vos prez, & jaunir nos moissons.
Eloigné de ces lieux, tout languit, tout souspire,
Rien ne peut exprimer nos mortelles douleurs:
Mais si-tost qu'il revient, le doux air qu'il respire,
Ramene nos plaisirs, & fait naistre nos fleurs.
L'on ne peut exprimer l'ennuy qui nous devore,
    Dit la Nymphe pleine d'appas,
    Loin du Heros que nostre cœur adore,
Et qui fait en tout temps les beaux jours d'icy bas.

                            Attendant

Attendant son retour, inventons quelques Festes:
  Chantons ses combats, ses conquestes,
  Chantons ses merveilleux exploits,
  Chantons la gloire sans seconde,
Du Heros qui soûmet l'Univers à ses loix,
Et qui vient de donner la paix à tout le monde.
A ces mots l'on entend un son melodieux,
L'Amour & les Plaisirs paroissent dans ces lieux,
Suivis des nobles Arts, & leurs divins Genies
  Par de charmantes symphonies
Chantent du grand LOUÏS *les exploits glorieux.*
Plusieurs couvrent de fleurs un superbe trophée,
Où d'illustres captifs paroissent dans les fers :
D'autres dansent au son de l'instrument qu'Orphée
Prit jadis pour fléchir le maistre des enfers.
D'une sçavante main la divine Peinture
A tracer ses vertus occupe son repos,
Pour laisser à jamais, à la race future,
Entre les mains du Temps, ces glorieux déposts.
Elle dépeint le Rhin sur son flotant empire,
Epouvanté de voir que ses flots orgueilleux
Flechissent sous les pas d'un Roy victorieux
  Que toute la nature admire.
  Jadis ce fleuve audacieux
  Rendit la victoire craintive :
Elle amena César assez prés de sa rive :
         B

A peine toutefois eût - elle veû ses flots,
    Qu'il luy plût de tourner le dos.
Mais auprés de LOUÏS elle passe à la nage :
On la voit devant luy ranimer le courage
    De nos invincibles Guerriers ;
    Leur traçant par tout un passage,
Elle y conduit LOUÏS à l'ombre des lauriers.
    C'est - là que nostre grand Monarque
Sent un juste couroux dans son cœur s'élever,
Et donne en ce moment plus d'ouvrage à la Parque
    Que sa main n'en peut achever.
    C'est - là que la fiere Bellone
    Remplit d'effroy le lieu qui l'environne ;
    C'est - là qu'arrestant son pinceau
    La belle & charmante Peinture,
Connoist bien que sa main ne peut dans ce tableau
Exprimer à nos yeux cette grande aventure.
Elle s'apperceût bien, mais trop tard en effet,
Qu'elle avoit entrepris un dessein témeraire,
    Et par le peu qu'elle avoit fait,
    Jugea ce qu'elle avoit à faire.
    Mais déja le Pere du jour
Abandonnant ces lieux, s'estoit caché sous l'onde,
    Ou plûtost ce Dieu plein d'amour,
Echauffoit de ses feux l'autre moitié du monde.
    Déja de sa changeante sœur

Brilloit la clarté sans chaleur,
Au travers d'une foible nuë,
Sans que mon esprit, ni ma veüë
Pust quitter ces lieux enchantez,
Où mon ame estoit si ravie
Par tant de charmantes beautez,
Qu'elle pensa laisser mon corps privé de vie ;
Car dans cét aimable transport,
Mon cœur sans mouvement pensa trouver la mort.

NATVRÆ MVNVS

g. audran f.

www.ingramcontent.com/pod-product-compliance
Lightning Source LLC
Chambersburg PA
CBHW061445170626

46811CB00005B/2378